EL VALLE MÁGICO

EL VALLE MÁGICO

Un cumple
genial

Tracey Corderoy

Ilustraciones de Hannah Whitty
Traducción de Bel Olid

RBA

Título original: *Willow Valley. Birthday Fun.*

© del texto: Tracey Corderoy, 2012.
© de las ilustraciones: Hannah Whitty, 2012.
© de la traducción: Bel Olid, 2015.
© de esta edición: RBA Libros, S.A., 2015.
Avda. Diagonal, 189. 08018 Barcelona.
rbalibros.com

© de la ilustración de la cubierta: Hannah Whitty, 2012.
Adaptación de la cubierta: Compañía.
Edición y maquetación: Ormobook.

Primera edición: febrero de 2015.

RBA MOLINO
REF.: MONL246
ISBN: 978-84-272-0856-8
DEPÓSITO LEGAL: B. 261-2015

Para Charlotte, con mi amor para siempre…

T.C xx

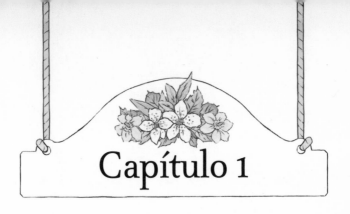

Capítulo 1

Roberto se despertó de un sueño profundo y bostezó con un gesto amplio y peludo.

—¡Ahhh...! —dijo el ratoncito desaliñado, olisqueando la almohada.

Se frotó los ojos para quitarse el sueño que se los había dejado pegados. Luego se volvió y miró al techo.

Lentamente empezó a dibujarse una sonrisa en su rostro, de bigote a bigote, cuando recordó qué día era. Era su cumpleaños. ¡Por fin!

Roberto se sentó en la cama y con su hocico rosado, esnif, esnif, olfateó el aire. Todo estaba en silencio. Debía de ser el primero en despertarse.

A través de la gruesa ventana de piedra, entraban unos rayos de luz brillante que proyectaban deslumbrantes franjas en las paredes de su habitación. Iba a ser un día claro de primavera.

Ñiiic. La pesada puerta de la habitación de Roberto se abrió y asomó por ella una ratoncita bajita y regordeta cargada con un montón de regalos.

La mamá de Roberto tenía los ojos muy vivos y un pelaje grueso y lustroso de color marrón chocolate, mucho más oscuro que el de Roberto, que lo tenía de color caramelo.

—¡Feliz cumpleaños! —exclamó con alegría.

—¡Oooh! —exclamó Roberto—. ¡Regalos!

Salió como pudo de entre las gruesas mantas de lana y se arrodilló sobre la cama. ¡Sería el mejor cumpleaños del mundo! Más tarde celebrarían una fiesta en el Carrusel, la barcaza más grande del Valle Mágico.

Roberto ya se la imaginaba, decorada con ristras de banderines de colores.

¡Habría regalos y juegos y una tarta de cumpleaños con velas! Se divertiría de lo lindo con sus amigos.

Mientras su mamá dejaba los regalos encima de la cama, una ratoncilla blanca entró corriendo en la habitación. Llevaba

una brillante tiara y sostenía con una de sus patitas una pequeña varita.

—¡Roberto, espera! —dijo su hermana, Pelusa—. ¡Quiero ver tus regalos!

Trepó por las sábanas de la cama y se acomodó al lado de su hermano mayor.

—¡Oooh! —exclamó, emocionada—. ¡Ojalá fuera mi cumple!

Roberto miró sus regalos.

Estaban envueltos con grandes y brillantes hojas y los habían atado con ristras de hiedra; quedaban realmente preciosos. Algunos tenían pequeñas piñas colocadas encima, otros ramitos de bayas de un color rojo intenso.

Con gran emoción, Roberto cogió uno de ellos y le quitó el lazo de hiedra. La gran hoja de ruibarbo se abrió y el ratoncito sacó el regalo.

Era una bufanda larga y rallada tejida por su madre. El verano anterior habían recogido la lana de entre los setos. Luego su madre la había hilado y teñido con grosellas en varios tonos de azul y morado. La tejía durante las frías noches de invierno, cuando ya había arropado a Roberto y a Pelusa en la cama.

—Gracias —dijo Roberto, y se la puso.

La bufanda le iría muy bien. Aunque acababa de llegar la primavera, los vientos helados seguían azotando el valle.

—¿Qué más te han regalado? —preguntó Pelusa.

—A ver… —dijo Roberto, y fue abriendo uno a uno los demás regalos.

Su hermana le había hecho un dibujo, aunque Roberto no tenía muy claro qué había dibujado.

—¡Eres tú! —gritó ella, señalando una mancha que parecía una gota de lluvia peluda—. Y esa soy yo, con mi tiara.

—Claro —dijo Roberto con una sonrisa forzada—. Esto... Gracias.

El regalo del abuelo era un tren de madera con señales, banderas y maquinista.

—Se ha pasado horas construyéndolo —dijo sonriendo la mamá de Roberto.

También le regalaron una peonza, un timbre para la bici y un bote de mermelada lleno de bayas, semillas y rodajas de manzana seca bien dulce.

Ya solo quedaba un regalo por abrir. Roberto palpó la hoja del envoltorio. Era un objeto largo y delgado.

—Largo y delgado... —murmuró. A lo mejor... No, ¡no podía ser! Pero palpaba la forma exacta...

Roberto arrancó las hojas:

—¡Lo es! —gritó, con los ojos abiertos

como platos al ver el detector de metales. Lo cogió—. ¡Y mirad! —resopló. Había muchos más objetos: una cuerda, unos prismáticos, una brújula, un sombrero, una pala plateada, un termo, una pequeña libreta y un lápiz.

—¡Uuau! —exclamó Roberto, saltando de la cama—. ¡Un kit de explorador! ¿Puedo salir al campo a probarlo? Por favor...

Roberto había querido ser explorador desde pequeño, igual que lo había sido su padre.

—No corras tanto —rio su madre—. ¡Todavía no has desayunado! Y recuerda, Roberto, cuando vayas a explorar...

—Ya lo sé, mamá —respondió Roberto—. No me acercaré al Bosque Tenebroso, lo prometo.

Su madre asintió y el ratoncito de repente se quedó en silencio. Sabía lo peligroso que era adentrarse en el Bosque Tenebroso. Se contaban historias de árboles tan frondosos que tapaban el sol y no dejaban que crecieran las flores. Y que de día estaba tan sombrío como de noche. Así que cualquiera (incluso el mejor de los exploradores) podía perderse... para siempre.

Roberto preguntaba a menudo por la noche en la que su padre se fue a explorar el Bosque Tenebroso. La niebla era densa, la luna blanca como la leche y Bruno Patanegra nunca volvió...

Pelusa le dio un golpecito que le hizo volver en sí, y los dos hermanos corrieron escaleras abajo. Se apiñaron alrededor de la mesa de la cocina mientras su madre les preparaba una buena olla de gachas.

Les sirvió las gachas calientes y Roberto y su hermana añadieron bayas, frutos secos y una cucharada de miel espesa y dorada.

—Acuérdate de soplar —le dijo Roberto a su hermana.

—¡Y tú! —dijo ella, risueña.

Ambos soplaron las gachas y observaron cómo la miel formaba remolinos dorados que se convertían en dibujitos.

—¡He hecho un bigote! —gritó Roberto.

—¡Y yo un gusano! —exclamó Pelusa.

Entonces, con las cucharas listas, empezaron a comer. ¡Qué rico estaba!

Nada más terminar, Roberto preparó una vieja mochila con su nuevo kit de explorador. Todo menos el sombrero, que se lo puso. ¡Ya estaba listo para marcharse a explorar!

—Toma —le dijo mamá, dándole una botellita de refresco de flor de saúco—. Y no te olvides de esto.

Y le puso la bufanda nueva mientras se lo decía.

—¿Puedo ir yo también? —suplicó Pelusa, pero la madre negó con la cabeza.

—Eres muy pequeña, lo siento —dijo.

—¡Volveré para la fiesta! —dijo Roberto, cogiendo el detector de metales. Abrió la puerta y salió con prisas—. ¡Hasta luego!

Fuera, en el jardín, el rocío que cubría la hierba brillaba como si fuera purpurina. Roberto sacó los prismáticos y observó a su alrededor.

Pronto encontró una piedra con una extraña forma, que le recordó a una joya. Se la frotó en la tripa de color caramelo para quitarle la tierra antes de meterla en la mochila.

Luego examinó unas huellas que trazaban un caminito en el barro y que Roberto no sabía de qué animal eran.

Cavó un pequeño hoyo y desenterró a una araña con cara de malas pulgas.

—¡Una especie nueva! —gritó, y se puso a dibujarla en la libreta.

Roberto no había dibujado ni tres patas cuando la araña se escurrió hacia su escondrijo.

—¡Oye, vuelve aquí! Todavía no te he dibujado el cuerpo —dijo, riendo.

Sacó la brújula y miró cómo giraba la manecilla.

—Creo que ha llegado la hora de descubrir nuevos territorios.

Roberto volvió a meterlo todo dentro de la mochila, fue corriendo hacia la zarzamora y, con cuidado de no pincharse,

se escabulló por debajo para llegar al campo que había justo al otro lado.

El campo se encontraba en lo alto de una colina muy alta, y a sus pies se extendía todo el Valle Mágico.

Bajó corriendo y gritando con alegría, mientras la mochila le golpeaba suavemente la espalda.

—¡Sííí! —exclamó, y el viento le empujaba para que fuera más rápido.

A los pies de la colina algunos sauces hundían sus ramas en el río y Roberto podía oír el burbujeo del agua que discurría por el cauce.

Mientras corría colina abajo, vio de reojo tres barcazas balanceándose en el río: eran los barcos que cuatro veces al año partían del Valle Mágico y navegaban río abajo, haciendo paradas, de vez en cuando, para vender sus productos caseros.

En otoño e invierno vendían bufandas, pasteles, tartas y estofados para pasar mejor el frío. En primavera y verano llevaban refresco de flor de saúco, ramos de flores aromáticas y tarros de mermelada de sabores inimaginables.

Roberto vio el Libélula. Era un barco-almacén de color verde botella, con una puerta de color rojo chillón, decorada con libélulas de hermosas alas.

Detrás iba el Martín Pescador. Era el barco del capitán, del color del cielo de verano. En la proa había pintado un martín pescador grande y orgulloso, con un pescado en el pico.

Por último, estaba el Carrusel. Era el barco más grande y de color azul marino. Alrededor de las pequeñas ventanas cuadradas tenía pintados unos divertidos escarabajos y unas rosas de un rosa pálido.

Al acercarse, Roberto vio mucho ajetreo en los barcos: algunos animales clavaban tablas despegadas, otros pintaban con afán.

—¡Vaya, vaya! —le llamó Erik Bigoteblanco desde la cubierta del Carrusel—. Pero si es el cumpleañero. ¡Feliz cumpleaños, Roberto!

—Muchas gracias, señor Bigoteblanco —respondió Roberto—. ¿Qué están haciendo?

—Les damos una capa de pintura y hacemos cuatro arreglos antes de que empiecen los viajes.

—Pe... Pero... —tartamudeó Roberto.

—No te preocupes —sonrió el viejo tejón, que era el capitán de la flota—. La pintura ya se habrá secado para esta tarde, y el Carrusel estará listo. Mi Lily quiere que todo esté perfecto.

Le guiñó un ojo a Roberto, que le sonrió.

¡Siempre podía contar con Lily! Era la nieta del señor Bigoteblanco y una de las mejores amigas de Roberto. Lista y espabilada, era la mejor para arreglar las cosas.

—¿Dónde está Lily, señor Bigoteblanco? —preguntó Roberto.

—¡Aquí estoy! —afirmó una tejoncita peluda, sacando la cabeza por la puerta del Carrusel. Subió a cubierta—. ¡Feliz cumpleaños, Roberto!

—¿Vienes a explorar? —preguntó él—. Podríamos ir hasta el Campo de los Diez

Robles. ¡A lo mejor encontramos algún tesoro escondido! —Y le enseñó el detector
de metales.

—¡Pues claro que me apunto! —sonrió
Lily. Dio unas palmas y bajó corriendo
por la rampa de desembarco, lista para
vivir una aventura.

Capítulo 2

Roberto y Lily se marcharon siguiendo el curso del río. A ambos lados había colinas boscosas donde vivían los animales del Valle Mágico en pequeñas casas-cuevas.

El valle era un lugar oculto. Solo los animales que en él vivían sabían cómo entrar y salir, y nadie podría encontrar ese hermoso mundo secreto.

En las colinas de cimas suaves y verdes crecían árboles de todos los tamaños, y en los prados, se mecían bonitas flores:

margaritas y rosas, campanillas y trébo-
les, amapolas en los meses calurosos de
verano y galantos en invierno.

Pequeñas mariposas y mariquitas ale-
teaban por los campos, y los pájaros, de
colores alegres, volaban hacia las ramas
de los árboles para cantarles a las ardillas
que vivían en ellos.

La mayoría de animales habitaban en
casas-cueva, pero las nutrias y los topillos
acuáticos preferían vivir en la orilla del
río, porque las cuevas eran demasiado se-
cas para ellas.

Todas las casas-cueva tenían las paredes gruesas e irregulares y suelos de
piedra cubiertos de alfombras. Las habi-

taciones eran oscuras y las iluminaban con farolillos o con el resplandor de grandes hogares. Al empezar el día, los animales del Valle Mágico encendían las chimeneas torcidas de las que salían remolinos de humo.

Algunos horneaban el pan crujiente que se comerían con mermelada de moras. Otros barrían y fregaban la casa, ahora que por fin había llegado la primavera al valle.

—Buenos días —saludó Blanca mientras tendía la colada. A sus pies saltaban tres alegres conejitos.

—Hola —respondieron a la vez Lily y Roberto.

—Feliz cumpleaños, Roberto —saludó Topacio Cocazo.

Era su profesor, pero como era sábado no estaba en el colegio. Al agacharse para recoger el periódico de la entrada, le resbalaron sus pequeñas gafas redondas por el morro negro y brillante.

—Gracias, señor Topacio —respondió Roberto—. ¡Hasta luego!

Roberto y Lily se deslizaron con agilidad por debajo de un seto y atravesaron un campo de margaritas. Luego subieron con rapidez la colina, por el Bosque de las Campanillas, y bajaron hasta llegar al Prado en flor.

—Ya casi estamos —exclamó Lily.

—Ya lo sé —respondió Roberto.

Al otro lado del prado había una hilera de diez robles, como un ejército de gigantes feos, retorcidos y altos.

—¡Sígueme! —dijo Roberto, pasando a toda velocidad entre dos árboles.

—Es el Campo de los Diez Robles —se alegró Lily.

Habían llegado.

Se tumbaron sobre la hierba fresca, cerraron los ojos y empezaron a rodar y a hacer volteretas hasta marearse.

Luego Roberto sacó la botellita con el refresco y bebieron un poco.

—Bueno —dijo Lily, poniéndose en pie—, ¿listo para ir a buscar tesoros?

—Sí —dijo Roberto, levantándose.

Encendió su detector de metales, que emitió un pitido grave y luego se le iluminó una hilera de luces azules en la parte delantera; después, se apagaron las luces y sonaron dos pitidos más.

—Creo que está listo —dijo Roberto—. Sí, ya empieza.

Primero uno y después otro, por turnos, buscaron tesoros con el detector de metales. Era muy cansado pero también muy emocionante.

Cuando ya habían inspeccionado la mitad del campo, Roberto notó que tenía hambre. Dejó el detector de metales y se sentaron en un tronco cercano para comer.

—Me muero de ganas de ir a tu fiesta —dijo Lily—. Pero aún no tengo tu regalo. Quería preguntarte si hay algo que te gustaría especialmente.

—Eh... —dijo Roberto con la boca llena de bayas—. Poddíaz degaladme...

De repente Roberto se detuvo y movió ligeramente sus grandes orejas redondas. Tragó de golpe.

—Escucha —soltó—. El detector de metales... ¡está pitando!

Se levantó del tronco todavía sin creer en su buena suerte.

—¡Lily, creo que hemos encontrado un tesoro! —gritó.

Y fue corriendo hacia el detector.

—¡Ooohhh! —exclamó cogiéndolo—. Luces, lucecitas verdes por todas partes.

En la parte delantera del detector de metales brillaban unas pequeñas lucecitas verdes. Lily se acercó con rapidez.

—Tienes razón —resopló—. Pero ahí no hay hierba. ¡Mira!

Señaló el sitio donde se encontraba el detector. Parecía que por allí habían cavado no hacía mucho.

—¿Qué más da? —respondió Roberto,

nervioso—. Ahí debajo hay un tesoro. Rápido, pásame la mochila.

Lily se la pasó y Roberto sacó la pala y empezó a cavar.

—Espera, que te ayudo —le propuso Lily.

Se arrodilló a su lado y empezó a cavar la tierra con sus largas garras.

—Qué divertido —dijo, con una risa tímida.

Roberto también cavaba e iba con mucho cuidado para no golpear a Lily con la pala. En ese momento, tocó algo. Era duro y sonaba a latón.

—Estoy seguro de que aquí hay algo —dijo Roberto.

—¡Ooohhh! ¿Qué será? —chilló Lily.

Roberto apartó la tierra. Apareció una lata de color gris.

—¡Hala! Mira, un cofre del tesoro —exclamó la tejoncita.

Cogió la lata con cuidado y la colocó justo a su lado.

—¿Qué habrá dentro? —preguntó.

La abrió lentamente con sus patitas minúsculas.

—Mira, un barco. Y es idéntico al de Pancho Pincho —exclamó.

—¿De... De verdad? —preguntó Lily.

Roberto tenía razón. El barco era exactamente igual que el de su amigo Pancho, el erizo. Roberto siempre había querido tener un barco como el de Pancho.

Dejó la lata y cogió el barco. Era una cáscara de madera pulida, con unas velas de color blanco gastado. En la punta del mástil ondeaba una pequeña bandera triangular.

—¡Uuau! Este barco seguro que va más rápido que el viento —apuntó Roberto.

Lily señaló algunas manchas en las velas.

—Me da lo mismo. El barco de Pancho también tiene manchas. ¡Es genial! —respondió él.

Roberto sonrió. Ahora podrían hacer carreras de barcos en el río con Pancho.

—Venga, vamos a enseñarle mi tesoro a Pancho —propuso.

Colocó el barco otra vez dentro de la lata y Lily cerró la tapa.

—Vale, pero no puedo quedarme mucho rato —dijo ella—. Tengo que ayudar con los preparativos de tu fiesta.

—Ay, sí —sonrió Roberto—. Mi fiesta.

Ya casi se había olvidado.

Siguieron su camino cruzando el campo, y Lily volvió la vista atrás, hacia el lugar donde Roberto había encontrado el barquito. Le daba la sensación de que el tesoro no llevaba mucho tiempo enterrado allí.

—Venga —gritó Roberto, y empezó a correr.

—Que sí, ¡espérame! —pidió Lily.

Capítulo 3

Cuando llegaron junto a los robles gigantes, Roberto seguía con la sonrisa dibujada en la cara. ¡Había encontrado un tesoro en su primera expedición! Lily le mostró el camino hasta el Prado en flor y anduvieron entre la hierba alta, hablando muy alegres sobre la fiesta de Roberto. Las fiestas en el Valle Mágico siempre eran muy animadas. Se reunían todos, a veces en el Bosque de las Campanillas o en las barcazas, bailaban y jugaban a juegos divertidos y comían platos deliciosos.

Los conejos siempre preparaban pasteles glaseados y los tejones llevaban pan recién horneado. Los topos cocinaban tartas rellenas de zanahoria y nabo, y las nutrias elaboraban una sopa de berros que era la mejor de todo el Valle Mágico. Los erizos hacían unas estupendas galletas. Las ardillas preparaban un pan de nueces delicioso, y los ratones llevaban quesos de todas las formas y colores. Las nutrias traían una limonada con tanto gas que te daba hipo.

—¿A qué jugaremos en tu fiesta? —preguntó Lily.

—A todo —exclamó Roberto—. Al regalo sorpresa, ese juego me gusta mucho.

Y mamá ha dicho que preparará un premio especial.

Pasaron por debajo de un arbusto espinoso y llegaron al Hoyo musgoso, un rincón al pie de las colinas donde a menudo iban a hacer picnics con Pancho. De repente Roberto pensó en su amigo y se alegró porque pronto estarían juntos navegando con sus barcos.

Subieron la colina y pasaron por el Bosque de las Campanillas, que en esa época estaba cubierto por una alfombra aterciopelada de hojas verdes y suaves.

En pocas semanas, cuando salieran las campanillas, irían corriendo hasta allí después de la escuela para jugar al escondite. Roberto siempre encontraba los mejores escondrijos porque era el más pequeño.

—Venga —dijo Lily, de pronto—. Te echo una carrera hasta la casa de Pancho.

Salieron del Bosque de las Campanillas y bajaron por una colina empinada, sin detenerse hasta que llegaron al río.

Jadeando, siguieron las curvas que dibujaba el río hasta la pequeña Plaza Mayor, donde estaba la escuela.

En el centro de la plaza había una parcela de césped bien cortado donde crecía un abeto enorme. En Navidad le ponían velitas entre las ramas, y su luz se reflejaba en la nieve que cubría el suelo.

Roberto recordó la última Nochebuena. La había pasado justo allí con Pancho y Lily, comiendo castañas asadas e intentando encontrar en el cielo la nariz roja de Rudolf, el ciervo preferido de Papá Noel.

Alrededor de la Plaza Mayor había unas cuantas tiendecitas de escaparates luminosos. De sus puertas abiertas salían olores maravillosos.

La preferida de Lily era la pastelería: en el escaparate ponían los pasteles sobre platos de porcelana refinada. Roberto prefería la tienda de al lado, que vendía juguetes de madera. Ahí trabajaba su abuelo, Percy Manitas.

Más allá de la plaza se encontraba la casa-cueva de Pancho, al otro lado del río. Encima de la casa crecía una grandiosa haya. En otoño caían hojas que crujían, como la lluvia, y parecía que al tejado de la casa de Pancho le había crecido una melena castaña y desaliñada, como la de Roberto.

Pancho Pincho era un erizo regordete y uno de los mejores amigos de Roberto. Tenía las mejillas rosadas, las patitas cortas y achaparradas y siempre se metía en algún lío. No porque fuese travieso, sino porque le gustaba «hacer cosas», y esas cosas a veces no debía hacerlas.

—Mira —anunció Roberto, mientras

espiaba tras la valla de la casa de su amigo. Pancho estaba en el jardín.

—Oh, oh... —dijo Lily—. ¿Qué estará tramando?

—Creo que está intentando hacer equilibrios sobre la cuerda —rio Roberto.

Lily abrió la puerta de la verja y entraron deprisa.

—Hola, Pancho, mira —gritó Roberto, enseñándole la lata del tesoro.

—¡Hala! —soltó Pancho—. Uuun... Un momento.

Pancho estaba intentando caminar por una cuerda que había atado entre dos árboles. Llevaba en una de sus patas un paraguas con volantes que quizá le parecía

que sería un buen paracaídas. Aunque no pensaba caerse, claro.

—¡Aaayyy! —chilló Pancho, agitando las patas—. No mires abajo, no mires abajo —se decía—. Ojalá hubiera atado la cuerda un poco más baja...

De repente Pancho estornudó y se le cayó el paraguas.

—¡No mires! —gritaba, mientras veía cómo caía el paraguas. Y detrás del paraguas se precipitó él...—. ¡Cogedmeee!

Cayó de cabeza dentro de una maceta y se quedó con las patitas agitándose con fuerza en el aire.

—Ay... Estoy atrapado —dijo con una voz triste que provocaba eco dentro de la maceta.

Roberto y Lily fueron en su ayuda y cada uno tiró de una de sus patas.

—No te preocupes, te sacaremos —le animó Lily.

—No creo que podamos —susurró Roberto.

Por fin, con un ruido vacío, consiguieron sacar al amigo, algo maltrecho.

—Ven y siéntate, Pancho —dijo Lily, con amabilidad.

Lo acomodaron sobre un lecho de setas y Roberto le dio unas cuantas bayas para que comiera. Pancho se recuperó casi enseguida.

—Solo tengo que practicar un poco más —dijo sonriendo—. Y a lo mejor ponerme unas tiritas... y un casco.

Pero Pancho Pincho nunca estaba triste mucho rato.

Antes de que pudiera volver a subirse a la cuerda floja, Roberto dio unos golpecillos a la lata.

—Quiero enseñarte una cosa —dijo.

—Qué bien, me encantan las cosas —afirmó Pancho, emocionado.

Les llevó a su madriguera, que estaba al fondo del jardín, escondida detrás de un cobertizo viejo y destartalado, al lado de los repollos.

Pancho se pasaba horas en su madriguera, lejos del montón de hermanos y hermanas que tenía. Solo dejaba entrar a Roberto y a Lily.

Para entrar había que pasar por un túnel de hojas y ramitas que formaban una especie de cortina natural. Una vez dentro vieron que la madriguera de Pancho estaba tan desordenada como siempre.

Había tebeos esparcidos por el sue-lo, castañas y trozos de cordel deshila-chados. Y olía a galletas, el dulce favo-rito de Pancho.

—Vale —dijo Pancho, sentándose en un tronco—. ¿Qué hay en la lata? Vamos a verlo.

Roberto y Lily se pusieron de rodillas. A Roberto le brillaban los ojos.

—Creía que estarías fuera, con tu barco —dijo. Miró a Lily y sonrió.

—¿Qué? —dijo Pancho— Si yo no te...

—Bueno —prosiguió Roberto—, ahora podemos ir juntos a hacer navegar nues-tros barcos, porque... —Y quitó la tapa de la lata—. ¡Sorpresa!

Pancho se quedó boquiabierto al ver el barquito.

—Pe... Pero —No le salían las palabras—. ¿Cómo?, o sea, ¿dónde? A ver, enséñamelo.

Roberto le dejó el barco.

—¿Qué pasa? —preguntó Lily, pero Pancho seguía con la boca abierta.

—Es que se ha sorprendido —sonrió Roberto—. Ahora que soy explorador, encontraremos un montón de tesoros. ¿Por qué no vas a buscar tu barco y echamos una carrera antes de mi fiesta?

Pancho parpadeó.

—Venga, va —insistió Roberto—. Vamos, Pancho.

Roberto quiso recuperar el barco, pero Pancho lo agarraba con fuerza.

—¡No! —gritó—. Este barco es mío. Lo enterré anoche.

—¿Lo enterraste tú? —Roberto se rascó la cabeza—. Pero... ¿por qué?

Pancho Pincho sacó pecho. Dándose importancia, dijo:

—Bueno, pues... Lo enterré para que lo descubriera un explorador de verdad

dentro de millones de años. Así verían mi nombre escrito en la vela y me recordarían para siempre.

—A ver, ¿dónde está tu nombre, pues? —dijo Roberto con rapidez—. No lo veo en ninguna parte.

Pancho se ruborizó:

—Es que se me rompió el lápiz antes de terminar de escribirlo. Solo pude empezar. Mira, ahí hay un puntito.

El ratoncito chasqueó la lengua, pero Lily sabía que Pancho decía la verdad. Desde el primer momento en que Roberto lo había desenterrado, pensó que el barco podía ser de Pancho, pero no se le había ocurrido que lo quisieran los dos.

Lily se levantó despacio. Era la primera vez que veía discutir a sus amigos y propuso:

—Oye, Roberto, ¿por qué no dejas el barco aquí y vienes a preparar la fiesta?

—¡Pero lo he encontrado yo! —se quejó Roberto—. Y los exploradores siempre se quedan sus tesoros.

Pancho sabía que Roberto se moría de ganas de ser explorador. Estaba siendo injusto al no dejarle quedarse el tesoro encontrado. Además, Pancho no debía de querer demasiado el barco, si pensaba dejarlo enterrado millones de años...

Hubo un momento de silencio.

Luego Pancho se volvió y el barco le

resbaló de las patas. Sin pensarlo siquiera, Roberto lo agarró.

—Yo solo quiero verlo navegar —gritó, saliendo de la madriguera—. Ven conmigo, Pancho, podemos compartirlo.

—¡No! —respondió Pancho poniéndose colorado—. ¡Es mío!

Se lanzó detrás de Roberto, que salía por el túnel.

—Oye —dijo Pancho, furioso—, ¡devuélvemelo!

Pancho le seguía muy enfadado dando golpes, y Lily fue tras él, después de coger el detector de metales y la mochila de Roberto. Fuera de la madriguera apenas pudieron ver la punta de la cola de Roberto que desaparecía por la puerta de la verja.

—No te preocupes, ya volverá —dijo Lily.

—Me da lo mismo —dijo Pancho, frunciendo el ceño—. Ya no es mi amigo.

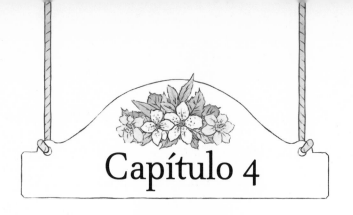

Capítulo 4

Cuando Lily volvió a ver a Roberto, acababa de llegar al río. Lily le dio su mochila y su detector de metales.

—Toma —le dijo, bajito.

—Solo quiero hacer navegar el barco —balbuceó Roberto.

Una ráfaga de viento le acarició el pelaje y le hizo parpadear un momento. Pensaba en Pancho, y Lily también.

Miró el barquito que Roberto agarraba.

—Bueno, tengo que irme —dijo ella.

—Espera —le pidió Roberto—. ¿No

puedes quedarte? Puedes ayudarme a hacer navegar el barco de Pancho. O sea... el mío —Roberto tenía los ojos muy abiertos; parecían dos grosellas negras y brillantes—. Por favor —insistió, moviendo el hocico rosado.

Lily lo pensó un momento y luego negó con la cabeza.

—Tengo que decorar el Carrusel. Y aún no te he comprado ningún regalo. Pero creo que tengo una idea perfecta —Y una amplia sonrisa se dibujó en su cara.

Se volvió y se alejó dando saltitos de alegría. Roberto miró cómo se marchaba su amiga. Le resultaba extraño estar solo el día de su cumpleaños.

Por un momento pensó en volver a la
madriguera de Pancho, pero eso signifi-
caría tener que devolverle el barco...

—No.

La palabra se le escapó de entre los labios y se la llevó la brisa. No era culpa suya que Pancho no quisiera compartirlo. Haría navegar el barco él solo.

Roberto paseó por la orilla buscando un lugar resguardado. El aire era cada vez más frío.

Al final vio el puente destartalado donde siempre iba con Pancho a tirar ramitas al río para ver cómo se las llevaba la corriente. Allí estaría bien.

Roberto dejó sus cosas y escuchó con atención. Por un momento le pareció oír a Pancho acercarse arrepentido, pero no era él. Solo era el viento, que azotaba las ramas de los sauces, y el murmullo suave del salto de agua a lo lejos.

Roberto abrió la mochila, buscó dentro y sacó el cordel.

Ató una punta al mástil del barco. Tendría que tenerlo cogido cuando lo tirase al agua. Si no, el viento podría llevárselo.

—Venga —dijo Roberto, colocando el barco en el agua.

Notaba en la pata que el cordel se tensaba cuando la brisa hinchaba las velas y el barco avanzaba más. Se acercó a la orilla con el cordel bien agarrado. Era como asir con fuerza una cometa que quería irse volando.

Poco a poco, Roberto dejó que se desenrollara el ovillo y vio cómo temblaba el barco al navegar. El agua estaba agitada y cada vez soplaba más viento.

A cada soplo, el barquito se iba un poco más lejos. Roberto lo agarraba con fuerza y empezó a resoplar y jadear al intentar recoger cuerda. El cordel se le clavaba en las patas, pero no pensaba soltarlo.

De repente, con un silbido, una fuerte

ráfaga de viento provocó una sacudida del barco.

—¡Socorro! —gritó Roberto cuando se le escapó el cordel de entre las patas.

Antes de que pudiera evitarlo, el extremo del cordel había desaparecido en el agua agitada.

—¡Oh, no! —se lamentó. ¿Qué podía hacer ahora?

Roberto corrió a lo largo de la orilla. Tenía que idear un plan, y rápido.

—Piensa —susurró—. Piensa...

Tenía que acercarse nadando al barquito antes de que la corriente se lo llevase. Él sabía nadar, pero el agua estaba algo alborotada.

Entonces se acordó de las nutrias y los topillos acuáticos, que sabían nadar mucho mejor que él. Ellos podrían recuperar el barco sin ningún problema.

—¿Hola? —dijo—. ¿Hay alguien?

Recorrió la orilla apresurado, echando un vistazo a las casas junto al río. No había nadie. ¿Dónde estarían? ¿Habrían ido a comprar el pan? ¿O a jugar al Prado en flor? ¿O quizá se habían marchado a nadar a algún lugar más lejano?

Con un escalofrío, Roberto se acercó al borde del río. Respiró profundamente y metió un dedo de la patita en el agua. ¿Debía tirarse? ¿Debía intentar recuperar el barquito?

—No —emitió una vocecilla en su interior—. Eres demasiado pequeño.

Entonces el viento rugió, poderoso, y empujó a Roberto, que se cayó al río. ¡CHOF!

El agua estaba helada. Roberto tosió y chapoteó, con el agua arremolinándose a su alrededor. Mientras pateaba y salpicaba, Roberto buscaba el barco con la mira-

da. Él no había querido tirarse al agua, pero a lo mejor si lo veía...

De repente, divisó algo entre los juncos. ¡Ahí estaba! ¡El barco! Ahora solo había que ir a buscarlo.

Roberto intentó nadar: no estaba muy lejos.

—Venga —farfulló, abriéndose paso—. ¡Tú puedes!

Mientras nadaba pensó en Pancho. Si Roberto le perdía el barco, nunca volverían a ser amigos. Ojalá no lo hubiera cogido. Ojalá...

Apretando los dientes, Roberto avanzaba. Se iba acercando. Ya faltaba poco. Al final, rozó con la punta de las zarpas el barco. Con un último impulso alargó la pata y lo cogió.

Roberto sacó el barco de entre los juncos de un tirón, pero todavía tenía que volver a la orilla.

—Tú puedes —volvió a animarse—. Sigue nadando.

Temblando, empezó a nadar para salir de los juncos, con el barquito bien sujeto. Ya casi había llegado. Le quedaba un poquitín de nada cuando...

¡FIIIUUU!

Una fuerte ráfaga de viento hinchó la vela del barquito y les empujó río abajo, cada vez más rápido, dando vueltas y más vueltas en el agua.

—¡No! —gritó Roberto—. ¡Ayuda!

De repente, vio una larga rama de sauce encima de él, como si fuera una caña de pescar.

Roberto se agarró a ella con una pata, sujetando el barco con la otra. Cerró los ojos. Nunca había estado tan cansado.

Y entonces sintió que le arrastraban por

el agua y le subían a la orilla, donde se tumbó boca abajo, resollando. Pero, ¿quién le había salvado?

Levantó la cabeza lentamente, estornudó y miró a su alrededor.

—No hace muy buen día para darse un chapuzón —sonrió Pancho.

—¡Pancho! —exclamó el ratoncito—. Eres tú.

Se sentaron juntos en la orilla y Roberto le ofreció el barco empapado.

—Perdona —le dijo—. Esto es tuyo. —Y se lo devolvió a Pancho.

—Perdóname tú —dijo Pancho—. Había venido a pedírtelo. Qué suerte que haya venido.

—Sí —asintió Roberto, bajito—. ¿Volvemos a mi casa? Tengo que prepararme para la fiesta.

—Y secarte un poco, también —sonrió Pancho.

Capítulo 5

Roberto iba goteando de camino a casa, charlando y riendo con Pancho. Estaba muy contento de haber recuperado a su mejor amigo. Cuando llegaron, la mamá y la hermana de Roberto estaban en la cocina, donde hacía un calorcito muy agradable.

Pelusa dibujaba junto a la chimenea y su madre les daba la espalda. Sentada ante la mesa de la cocina, preparaba cestitos de golosinas para la fiesta.

Roberto tenía la esperanza de ser lo

bastante rápido como para conseguir llegar al piso de arriba antes de que ella se diera cuenta de lo empapado que iba. Si no, sabía que le caería una buena.

—Hola, mamá —dijo, corriendo hacia la escalera.

—Hola —susurró Pancho, que iba detrás de él de puntillas.

—Roberto gotea —señaló Pelusa—. Mira.

Roberto se paró en seco y su madre levantó la vista.

—¡Roberto Patanegra! —exclamó, levantando las patas horrorizada—. Por el amor de Dios, mira cómo vas. ¿Dónde te has metido?

Pancho se escondió bajo una bola de púas. Roberto dijo:

—Pues... es que... me he... caído al río.

—¡Al río! —gritó la madre—. ¡Al río! ¿No sabes lo peligroso que es ese río? A la que te dejo que te vayas a explorar...

—Lo siento —dijo Roberto—. No te enfades. Es mi cumple...

—Venga, date prisa y sécate —respondió la madre—. Llevaré a tu hermana al Carrusel y vosotros podéis venir luego. No tardes o te perderás tu propia fiesta.

Cogió dos pesados cestos y se fue cargada hacia la puerta.

—Y ya basta de travesuras —dijo mientras salía de casa.

Una vez se fueron, Roberto se apresuró
y Pancho deshizo su bola de púas y se
zampó las migas que habían quedado de
los preparativos de la fiesta.

—Oye, Roberto —dijo cuando ya se
marchaban—, no te olvides el detector de metales.

—¿Para qué lo voy a necesitar? —preguntó Roberto.

—Tú cógelo por si acaso —respondió Pancho, y se lo dio.

Salieron de casa a toda prisa y bajaron por el caminito del jardín, contentos y alborotados. Pero aún no habían llegado a la verja cuando Pancho exclamó:

—Ooohhh... Acabo de acordarme de que tengo que hacer una cosa secreta.

—Pero te vas a perder mi fiesta —se quejó Roberto.

—¡Seguro que no! —sonrió Pancho—. No tardaré mucho. No empecéis a comer sin mí.

Pancho fue corriendo hasta la Plaza

Mayor y Roberto se dirigió hacia el río. El viento se había llevado las nubes y ahora brillaba el sol.

Al llegar, movió las orejas y dio un saltito de emoción. ¡Estaba todo listo para la fiesta!

El Carrusel flotaba en el agua resplandeciente. Lo habían decorado con unos banderines de colores que se movían con la brisa cálida como si fueran mariposas.

Una larga mesa con manteles de lino blanco con un banco a cada lado presidía la cubierta. Encima de la mesa había bandejas de comida deliciosa entre jarrones de bonitas margaritas y azafranes.

Al violín, Topacio Cocazo tocaba una

alegre canción. De las colinas y los bos-
ques llegaban animales cargados con
cestos de manjares.

—Roberto —le saludó
Lily.

Estaba en la cu-
bierta bajo un
llamativo
cartel

Feliz cumpleaños, Robe

pintado con bonitas letras. Roberto subió a bordo y unos conejitos que querían felicitarle le dieron la bienvenida. Se abrió la puerta del camarote y apareció su madre, cargada con una bandeja de pasteles cubiertos de glaseado rosa y guindas rojas.

Feliz cumpleaños, Roberto

—Mira lo que han preparado los conejos —dijo—. Son preciosos.

Se apresuró a llevarlos a la mesa y los dejó entre montañas de queso y pilas de empanadillas. Unos cuantos topos aparecieron con regalos para Roberto.

—¿Qué tal ha ido con Pancho? —susurró Lily—. ¿Ya volvéis a ser amigos?

—Sí —sonrió Roberto—, le he devuelto el barco.

—¡Qué bien!—exclamó Lily, contenta.

Y entonces se oyó un grito que retumbó por todo el valle:

—¡Ayudaaa!

Rodando colina abajo se acercaba Pancho Pincho.

—Uy, uy... —exclamó Roberto, a medida que la bola de pinchos bajaba cada vez más rápido.

—¡A la izquierda! —gritó Lily—. ¡Pancho, a la izquierda!

Era demasiado tarde. Con un sonoro golpe, chocó contra un tronco.

—Ay —se quejó Pancho, tocándose la cabezota.

Luego se levantó y se rio.

—Se me ocurrió que rodando iría más rápido que andando —afirmó—. Vaya... Lástima de los troncos.

Se acercó al barco, donde le ayudaron a subir a cubierta.

—¡La comida! —exclamó—. ¿Me he perdido la comida?

—No —dijo Lily, con una sonrisa.

Ahora que ya estaban todos, la mamá

de Roberto propuso empezar con los juegos. Primero jugaron a buscar el dedal: Pelusa lo había escondido en el barco y tenían que encontrarlo.

—¡Preparados... listos... ya! —exclamó, y todos salieron a buscarlo.

—Por aquí —dijo Tejoncio, un tejón alto y corpulento.

—No, por aquí —reía Flor.

—Mirad debajo de las camas.

—Y en todos los armarios.

—¡Rápido!—chillaban los conejitos.

El Carrusel era una algarabía de correteos con los animalitos yendo de aquí para allá en busca del pequeño dedal de plata. El juego terminó cuando Topolino, un topo muy tímido, lo encontró dentro de una tetera. Entonces empezaron a jugar a otros divertidos entretenimientos.

La fiesta se desarrollaba felizmente y, antes de que Roberto se diera cuenta, llegó el último juego.

—¡El regalo sorpresa! —aclamaron las ardillas.

Les encantaba abrir regalos. Se sentaron en círculo y sonó la música.

—Espero que sea una bellota —susurró Lina Listilla—. ¿Creéis que será una bellota? Yo creo que sí.

—No, será una zanahoria —dijo Zarcillo.

La música se detuvo y los animalitos se quejaron. Todos excepto Patty, la

premiada, una pequeña tejón muy afable,
que recibió el regalo.

Lo abrió con rapidez.

—¡Ooohhh! —exclamó, y mostró un
patito hecho de ganchillo—. Qué mono y
qué blandito —dijo.

—Venga, vamos, es hora de comer —voceó la mamá de Roberto.

—¡Hurra! —se alegró todo el mundo.

Los animalitos se precipitaron hacia la mesa y empezaron a comer los deliciosos manjares.

—¡Pasteles glaseados! —gritó Pancho Pincho—. ¡Qué ricos!

Roberto no tardó en tener en el plato un enorme montón de empanadas y grandes trozos de queso. Pero el montón de Pancho era aún más alto y tenía un poco de todo.

Después de la comida empezó el baile.

Topacio entonó una melodía con su violín y Erik Bigoteblanco le acompañó con una vieja flauta de lata.

Pancho se acercó a Roberto, que hacía girar a Lily al ritmo de la música.

—Quiero entregarte mi regalo —le susurró—. Ven conmigo.

Capítulo 6

Pancho cogió el detector de metales de Roberto y salió del barco de puntillas.

—Espera —susurró Roberto, que le seguía correteando—. ¿Para qué lo queremos?

—Bueno, ya lo verás —dijo Pancho.

—Eh, esperadme —les pidió Lily. Cogió una cestita donde llevaba el regalo para Roberto—. ¿Adónde vamos?

—Es un secreto —sonrió Pancho.

Les llevó a lo alto de la colina, hasta el Bosque de las Campanillas.

—Ya casi estamos, no queda mucho —resopló Pancho.

Por fin llegaron a un pequeño claro rodeado de enormes abetos. Por allí pasaba un riachuelo y el lugar era tranquilo y calmado.

—¡Sorpresa! —exclamó Pancho. Miró a Roberto—. Aquí he enterrado tu regalo.

—¿Has enterrado mi regalo?

—Exacto —confirmó Pancho—. Y vas a necesitar esto para encontrarlo.

Le dio a Roberto el detector de metales. Roberto se rascó la cabeza. Miró a su alrededor. ¿Por dónde iba a empezar?

En ese momento vio unos cartelitos de madera clavados en el suelo. Marcaban el camino hacia el tesoro y cada uno llevaba una pista escrita.

—«Empieza por aquí, y no hagas trampas» —leyó Roberto en voz alta. Lily soltó una risotada.

—No te rías, que he estado un buen rato preparándolo. Por eso he llegado tarde a la fiesta —dijo Pancho. Le dio un empujón a Roberto—. Venga, va, empieza.

Roberto conectó el detector de metales y esperó hasta que estuvo listo. Luego se apresuró hasta la primera pista y se detuvo.

—«Da tres pasos a un lado» —leyó Roberto—. ¿A la derecha o a la izquierda? —le preguntó a Pancho.

—Eh… A la izquierda. No, a la derecha —dudó Pancho—. Hacia donde esté la próxima pista. Mira, ahí.

Roberto dio tres pasos a la izquierda y encontró la siguiente pista al lado de una mata de flores.

—«Cuenta las flores y luego avanza» —leyó Roberto.

Las contó: había seis.

—Entonces, son seis pasos hacia delante —le señaló Pancho, contento.

—¿No sería mejor que fuera directo a la pista que dice «el regalo está aquí»? —observó Lily.

—Ssshhh —se quejó Pancho—. No le digas dónde está.

A Roberto le costó aguantarse las ganas de reír. Pancho se había tomado tantas molestias que no quería herir sus sentimientos. Contó seis pasos hacia adelante, donde encontró otra pista.

—«¿Cuántas púas tiene Pancho? Avanza de lado esos pasos» —Roberto se rascó la cabeza—. Oye, Pancho, ¿cuántas púas tienes? —preguntó.

—Uy —dijo Pancho—. Es difícil de saber. Un montón, supongo.

—Vaaale —dijo Roberto, lentamente—. Avanzaré de lado un montón de pasos, entonces, ¿te parece?

—Sí. Ya le pillas el truquillo, ¿verdad? —dijo Pancho, sonriendo.

Roberto se rio con disimulo y se puso a caminar de lado.

—Sigue —dijo Pancho—. Unos pasos más.

—Venga, adelante, Roberto —le animó Lily, dando palmas.

Al final Roberto llegó al cartel que decía «El regalo está aquí».

—Creo que me estoy acercando —sonrió Roberto.

—¡Claro! —afirmó Pancho—. Te estás quemando.

De repente, el detector de metales empezó a pitar y se encendieron las lucecitas verdes.

—Lo has conseguido. ¡Viva! —le vitoreó Pancho.

—¡Sí! —exclamó Roberto—. Las pistas eran muy buenas.

Le pasó el detector de metales a Lily. Roberto, emocionado, se arrodilló en el suelo y se puso a cavar con las patas mientras sus amigos le miraban muy emocionados.

Pronto tocó algo duro.

—¡Ya lo tienes, ya lo tienes! —exclamó Pancho.

Roberto apartó la tierra. Era una lata. Una lata que le sonaba mucho...

—Venga, ábrela —le animó Pancho, sonriendo.

Roberto la abrió despacito. Dentro había el barco de Pancho con una etiqueta atada al mástil que decía: «A mi mejor amigo Roberto».

—Pero, Pancho, si es tu barco —dijo Roberto.

—Quiero que te lo quedes —anunció

Pancho—. Tenía un pastel de chocolate enorme para regalarte. Era esponjoso y dulce y delicioso... Pero, vaya, que como que ha... desaparecido. —Se miró la panza y se sonrojó.

Roberto cogió el barco, pero sabía que no podía quedárselo.

—Es tuyo —le dijo—. Sé que te gusta mucho —Y se lo devolvió a Pancho—. Pero no vuelvas a enterrarlo.

—Vale —sonrió Pancho—. Si estás seguro... Pero te lo presto siempre que quieras.

En ese momento Roberto notó unos golpecitos en el hombro.

—Tienes otro regalo por abrir —dijo Lily—. ¿Te acuerdas?

Lo sacó del cesto y se lo dio a Roberto. Estaba muy bien envuelto, con un enorme lazo amarillo.

A Roberto se le iluminó la mirada.

—Gracias, Lily —dijo.

Tiró del lazo y desenvolvió las hojas.

—¡Hala! —exclamó, mostrando un barco con una banderita azul—. ¿Cómo es posible? O sea, ¿quién...?

—Era de mi abuelo —sonrió Lily—. No sabía qué regalarte y cuando te dejé en el río me acordé de este barco. Así que le pedí a mi abuelo si podía regalártelo.

—Gracias —dijo Roberto. No se lo podía creer. Erik Bigoteblanco le había regalado su barco.

—Sabe que lo cuidarás mucho —dijo Lily.

—Claro —asintió Roberto, acariciando la vela—. Siempre.

Entonces Pancho dio unas palmadas.

—Bueno —dijo—. Volvamos a la fiesta. La panza me dice que ha llegado la hora del pastel.

Volvieron corriendo al Carrusel. Al llegar, Roberto se encontró al abuelo de Lily.

—Muchas gracias por el barco, señor Bigoteblanco —dijo, y Erik Bigoteblanco sonrió.

—Tú diviértete con él, pequeño.

—Claro —exclamó Roberto—. Me divertiré mucho. Y será para siempre como un tesoro para mí.

Justo en ese momento, la mamá de Roberto apareció con un gran pastel de cumpleaños. Tenía forma de mapa de explorador y un montón de velas. Todo el mundo se reunió alrededor para cantarle feliz cumpleaños a Roberto.

Cumpleaños feliz,
cumpleaños feliz,

te deseamos todos

cumpleaños feliz.

Cuando terminó la fiesta, Roberto volvió a casa con su madre y su hermana, y con el barco debajo de su patita.

Al día siguiente lo llevaría al Bosque de las Campanillas y echaría una carrera en el río con su buen amigo Pancho.

Esa noche, antes de acostarse, colocó el barco en el alféizar de la ventana y luego se subió a la cama.

La luz de la luna iluminó con sus rayos plateados las velas blancas y la banderita de color azul que había en lo alto del mástil.

Roberto cerró los ojos y se fue navegando hacia sus dulces sueños. Aquel cumpleaños no lo olvidaría jamás.

Tracey Corderoy

Nació en el Reino Unido y se dedicó a la enseñanza primaria durante muchos años. Empezó a escribir libros infantiles convencida del poder que tienen el lenguaje y la literatura para despertar la curiosidad y la imaginación en los niños. Sus libros se han traducido a distintas lenguas y *El valle mágico* es su primera serie publicada en RBA Molino.

OTROS TÍTULOS DE LA COLECCIÓN

FELIPE QUÉ FLIPE Y EL SUPERMÓVIL

Núria Pradas
Eva Sans

EL ATAQUE DEL HÁMSTER GIGANTE

Las MONSTRUOSAS HISTORIAS del Dr. CUCARACHA

RBA

PETER BENTLEY

ESCUELA DE VAMPIROS

MOLINO

UNA PANDILLA MONSTRUOSA